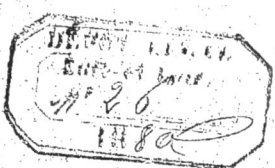

OEUVRES CHOISIES

DE M. D***

SOUVENIRS

CHARTRES

IMPRIMERIE ÉDOUARD GARNIER

—

M DCCC LXXX

A MA FEMME

LE JOUR DE NOTRE MARIAGE.

3o Mai 1837.

C'est aujourd'hui, ma Pauline chérie,
Que j'ai reçu tes serments et ta foi.
Quand tu promis d'être à moi pour la vie,
Je tressaillis d'un indicible émoi.
Quand je t'entends me dire : « Ami, je t'aime, »
Mon cœur ressent le plaisir le plus doux.
Je t'en supplie, oh ! dis toujours de même,
Et tu feras le bonheur d'un époux.

Ah ! si jamais, dans le cours de ta vie,
Il t'arrivait des chagrins, des malheurs,

Viens dans mes bras, ma jeune et tendre amie,
J'essayerai de calmer tes douleurs.
D'y réussir j'ai la douce espérance,
A mon amour rien ne doit résister;
En conservant ton aimable innocence,
Sur mon appui tu peux toujours compter.

Vous, chers parents, si remplis de tendresse,
Soyez joyeux, le jour vient d'arriver
Où vos enfants, dans leur vive allégresse,
De vos bons soins vont vous récompenser.
De leur respect recevez l'assurance,
A leur amour un droit vous est acquis,
Est-il pour vous plus douce jouissance,
Et pour eux deux un bonheur plus exquis ?

DIX ANS APRÈS.

Dix ans sont écoulés, ils ont fui comme une ombre
Depuis le jour heureux où nous fûmes unis.
Pendant ce laps de temps jamais rien de trop sombre
N'est venu de ta part me causer des ennuis.
Ainsi qu'au premier jour je te trouve agréable,
Tu n'as jamais cessé de régner sur mon cœur;
Admirant ta bonté, ton caractère aimable,
Je n'ai qu'un seul désir!... conserver mon bonheur.

Pour nos petits enfants, oh! crois-moi, tendre mère,
Je vois avec plaisir tes soins affectueux,
Tu les continueras, puis obtiendras, j'espère,
D'excellents résultats; que me faut-il de mieux?
Qu'il est bon, qu'il est doux d'avoir de la famille,
Ce sont là des plaisirs qu'on ne peut trop aimer.

En voyant notre Esther dont le petit œil brille
De bonheur, ah ! je sens tout mon cœur palpiter.

Quand je tiens dans mes bras notre petite Angèle,
Je suis tout rayonnant de joie et de plaisir.
Pour nos enfants chéris travaillons avec zèle ;
Pour assurer leur sort que ne peut-on souffrir ?
Puis ! ils ressembleront à leur aimable mère,
Bonté, douceur, esprit, seront leurs attributs ;
Si, pourvus de ces dons, ils ont son caractère,
Je serai satisfait, n'exigeant rien de plus.

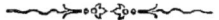

VINGT ANS APRÈS.

Depuis le jour, ma Pauline chérie,
Où j'ai reçu tes serments et ta foi,
Tu fus toujours ma plus fidèle amie,
Jamais je n'eus à me plaindre de toi.
A tes vertus, ah! je dois rendre hommage,
C'est un devoir pour moi doux à remplir.
Depuis vingt ans, jamais dans mon ménage
Je n'éprouvai le moindre déplaisir.

Nous subissons, dans ce moment funeste,
Un grand chagrin que le temps peut calmer.
Dans le malheur, quand un ami nous reste,
Sur de beaux jours on peut encor compter.
Un temps viendra, va, j'en ai l'assurance,
Où nous aurons un bonheur plus parfait,

Ma tendre amie, oh! gardons l'espérance,
Car l'espérance est toujours un bienfait.

S'il arrivait, ce qui n'est pas probable,
Que le malheur vînt à nous accabler,
Restons unis, sois toujours agréable;
De mon côté, je promets de t'aimer.
Oui, je promets, jusque dans ta vieillesse,
D'avoir pour toi les plus doux sentiments.
Ah! pour toujours compte sur ma tendresse,
Je l'ai juré, je tiendrai mes serments.

TRENTE ANS APRÈS.

C'est aujourd'hui l'anniversaire
Du plus beau jour qui fut jamais.
Depuis trente ans tu sus me plaire
Par ta bonté, par tes attraits,
Tu fus pour moi tendre et fidèle.
Je te dois tout : santé, bonheur.
Ah ! des vertus parfait modèle,
Tu captivas toujours mon cœur.

Grâce à tes soins, aimable amie,
Tout prospéra dans ma maison ;
Du bien d'autrui jamais l'envie
Ne vint troubler notre raison.
Simple en tes goûts et dans ta mise,
Tu sais de peu tirer parti,

Tout pour les tiens est ta devise,
Heureux enfants ! heureux mari ! ! !

Que n'ai-je là ma chère Angèle
Pour célébrer un si beau jour ?
Unis de cœur, unis de zèle,
Nous te dirions avec amour :
« Ah ! vis longtemps, bonne Pauline,
Ce sont nos vœux les plus ardents.
Tu le croiras, je l'imagine,
Car tu connais nos sentiments. »

A MA FILLE

LE JOUR DE SES NOCES.

26 Septembre 1865.

————~~~~~————

Ma chère Angèle, étant loin de ta mère,
Rappelle-toi ses soins affectueux.
Tout ici-bas, hélas ! est éphémère,
Moins l'amitié qu'ont pour nous nos aïeux.
Pour ton époux sois toujours bonne et tendre,
A ses désirs conforme tes désirs ;
Et si toujours vous savez vous entendre,
Les jours pour vous n'auront que des plaisirs.

~~~~~~~~

Ah ! si jamais dans le cours de ta vie
Tu ressentais des chagrins, des malheurs,

Conte-les moi, mon Angèle chérie,
J'essayerai de calmer tes douleurs.
D'y réussir j'ai la douce espérance,
A mes efforts rien ne doit résister.
En conservant ton aimable innocence,
Sur mon appui tu peux toujours compter.

~~~~~~~

Cher Villermet à qui je la confie,
Soyez pour elle un ami généreux ;
Souvenez-vous que toujours dans la vie
Il faut s'aimer si l'on veut être heureux.
Nous, chers amis, en ce jour d'allégresse,
Unissons-nous afin de célébrer,
Le verre en main, la solide tendresse
Que ces enfants ont su s'entr'inspirer.

A MON PETIT-FILS GEORGES

A SON BAPTÊME.

16 Août 1867.

———o-ooO⊃oE'Oo-o———

Mon cher enfant, en entrant dans la vie,
De ton grand-père écoute bien les vœux;
Pour le bonheur de ta mère chérie,
Sois bienveillant, aimable et généreux.

〜〜〜〜〜

Pense souvent à ton souverain maître,
Celui qui veille au destin des humains,
Un peu plus tard tu pourras le connaître,
Notre avenir repose entre ses mains.

〜〜〜〜〜

De ton pays, avec honneur et gloire,
Défends d'abord l'unité, puis les droits ;
Sur tes penchants remporte la victoire,
C'est là, mon fils, le plus beau des exploits.

A MA PETITE-FILLE MARIE

LE JOUR DE SON BAPTÊME.

10 Novembre 1867.

Ma chère enfant, en venant sur la terre,
Dieu nous impose un devoir à remplir;
Il faut aimer et respecter sa mère
Et se garder de lui désobéir.

A ses désirs, il faut toujours se rendre
Et s'efforcer d'imiter ses vertus.
Trop jeune encor, tu ne peux pas comprendre
Les maux que font ses avis méconnus.

2

Nous te donnons le doux nom de Marie
Et te mettons sous sa protection,
Imite-la, surtout jamais n'oublie
De l'invoquer aux jours d'affliction.

~~~~~~~

Souviens-toi que, recevant le baptême,
Nous devenons les enfants du bon Dieu,
Qu'il faut l'aimer, l'aimer plus que soi-même,
Et le servir en tout temps, en tout lieu.

~~~~~~~

Demande-lui les dons de la sagesse,
La paix du cœur, les grâces de l'esprit,
Pour le malheur la pitié, la tendresse,
A ton bonheur, enfant, cela suffit.

A MA PETITE-FILLE LOUISE

LE JOUR DE SON BAPTÊME.

3o Juin 1872.

Pour un enfant qu'on aime,
Que doit-on souhaiter ?
Le jour de son baptême,
Que doit-on désirer ?
Beaucoup assurément.

Tout d'abord, la sagesse,
La vertu, la santé,
Dans son cœur, la noblesse,
Puis de la piété,
Le noble dévouement.

On pourrait, ce me semble,
Souhaiter la richesse,

Si l'on joignait ensemble
Pour les siens, la tendresse,
L'amour, le dévouement.

~~~~~~

Dieu, dans sa bonté suprême,
En te donnant un cœur,
A dit: je veux qu'on aime
Et son frère et sa sœur
Affectueusement.

~~~~~~

Tu le feras, j'espère,
Et ton frère et ta sœur
Auront pour toi, ma chère,
S'ils ont un noble cœur,
Un pareil sentiment.

~~~~~~

De votre aimable mère
Suivez bien les leçons,
Pour votre excellent père,
Mes enfants, soyez bons,
Aimez-les tendrement.

———oo∶⊙∶oo———

A MA FEMME

SUR LA MORT DE MA FILLE ESTHER.

2 Février 1859.

Quand je pense au passé, ma douleur est profonde,
Je vois avec dédain tous les plaisirs du monde,
  Ils ne me tentent pas.
Que me font ces plaisirs, leur douceur et leurs charmes ?
Mon cœur désenchanté, se noyant dans les larmes,
  N'en fait plus aucun cas.

A quoi bon des projets ? la mort inexorable
Frappe à tort à travers, l'innocent, le coupable,
  Et nul ne peut compter
Sur un jour de bonheur ; la vie en cette terre
Est pleine de douleurs et souvent bien amère,
  Pourquoi la regretter ?

Dieu m'avait accordé, dans sa bonté suprême,
Une enfant que j'aimais à l'égal de moi-même
    Et qui le méritait.
Tout en elle exprimait la candeur, l'innocence,
La bonté, la douceur, les vertus de l'enfance,
    Oh ! rien ne lui manquait.

Grandissant sous les yeux de la plus tendre mère,
Elle réunissait au meilleur caractère,
    Le don de piété.
Elle avait en son Dieu la foi la plus profonde,
Sans désirer beaucoup de briller dans le monde,
    Elle aimait la gaîté.

Sur elle, je fondais de douces espérances ;
N'ayant rien négligé pour calmer ses souffrances,
    J'espérais la guérir ;
Mais mon espoir fut vain, et, malgré ma tendresse,
Malgré tous mes efforts et malgré sa jeunesse,
    Il lui fallut mourir.

Et mourir à vingt ans !... oh ! quelle chose affreuse,
La vie à ce moment nous semble bien heureuse
      Malgré qu'il n'en soit rien.
C'est l'âge où tout paraît brillant et magnifique,
L'âge où l'œil aperçoit dans un miroir magique
      Le mal comme le bien.

La veille de sa mort, j'en ai la souvenance,
Après m'avoir chanté sa plus belle romance,
      Elle vint m'embrasser
Et me dit : « Je me sens d'une santé meilleure,
J'espère bien demain me lever de bonne heure
      Afin de travailler. »

Hélas ! ce mot demain... n'existait plus pour elle,
C'était son dernier jour... Souvent je me rappelle
      Qu'en me disant adieu,
Elle me prit la main, la serrant dans la sienne :
« Bon père, tu sais bien qu'il faut qu'on se souvienne
      De ce qu'on doit à Dieu !

Avant de nous coucher faisons notre prière. »
J'étais loin de penser que c'était la dernière
    Qu'elle allait réciter.
Dieu le voulut ainsi ! sachons donc nous soumettre,
Car contre ses décrets on ne doit se permettre
    Même de murmurer.

Souvent l'adversité nous devient salutaire
Lorsque nous invoquons son appui tutélaire
    Pour mieux guider nos pas.
Espérons donc qu'un jour, au milieu de ses anges,
Nous verrons notre Esther, se mêlant aux archanges,
    Nous presser dans ses bras.

Faisons de notre peine une offrande à Marie ;
Sensible à nos douleurs, cette mère chérie
    Viendra nous soulager.
Prions-la tous les jours de veiller sur Angèle,
De toutes les vertus d'en faire le modèle
    Et de la protéger.

Implorons donc aussi de sa bonté divine
Un regard bienveillant pour toi, pauvre Pauline,
     Dont le cœur est si bon.
Et dans tous nos chagrins adressons-nous à Celle
Dont on obtient toujours une grâce nouvelle
     En invoquant le nom.

C'est un coup bien fatal pour le cœur d'une mère,
Je comprends ta douleur et sais qu'elle est amère,
     Mais nous n'y pouvons rien.
Espérons que le temps la rendra moins cruelle ;
Reportons notre amour sur notre douce Angèle,
     Qui le mérite bien.

Montrons-lui les devoirs attachés à son âge.
En agissant ainsi nous reprendrons courage,
     Notre espoir renaîtra.
Entourons-la de soins, d'amour et de tendresse,
Vers le bien et le beau dirigeons sa jeunesse,
     Et Dieu nous aidera.

De regrets superflus n'abreuve point ton âme,
Rendons grâces à Dieu dont la divine flamme
    A su toucher mon cœur,
Obtiens-moi le pardon de toutes mes faiblesses
Fais qu'oubliant mes torts il rende sa tendresse
    A moi, pauvre pécheur.

En agissant ainsi, j'ai la douce espérance
Que Dieu t'exaucera, va, telle est ma croyance ;
    Puis-je compter sur toi ?
Connaissant tes vertus, j'oserais presque dire
Que j'aurais place un jour dans le céleste empire
    Si tu priais pour moi.

Si je meurs avant toi, ma Pauline chérie,
Lis quelques fois ces vers où mon âme attendrie
    Exhale sa douleur.
Ils te rappelleront qu'il était sur la terre
Un être qui t'aimait d'une amitié sincère
    Et comprenait ton cœur.

Que ce doux souvenir, ô mon aimable amie,
Serve à te consoler pour supporter la vie
Jusqu'à son dernier jour.
Souviens-toi qu'ici bas tout est néant, misère,
Et qu'il faut tôt ou tard abandonner la terre
Pour l'éternel séjour.

A MADEMOISELLE DE C***

QUI ME DEMANDAIT SI J'AVAIS DE LA FAMILLE.

Je possédais une jeune fille de votre âge, que j'ai perdue
à la suite d'une longue et cruelle maladie.

Sur elle je fondais de douces espérances,
N'ayant rien négligé pour calmer ses souffrances
    J'espérais la guérir.
Mais mon espoir fut vain, car malgré ma tendresse
Malgré tous mes efforts et malgré sa jeunesse
    Il lui fallut mourir !

O vous qui me lisez, charmante jeune fille,
Ne l'oubliez jamais, les liens de famille
    Sont toujours doux au cœur.

Si vous avez connu quel est l'amour d'un père
Vous comprendrez alors combien dut être amère
Mon extrême douleur.

J'espère que le temps la rendra plus légère.
Il me reste une enfant qui ne m'est pas moins chère
Que j'aime tendrement.
Aux décrets du Très-Haut, chacun doit se soumettre,
Et contre ces décrets nul ne doit se permettre
Un mauvais sentiment.

Chacun doit ici-bas suivre ses destinées,
Heureux celui qui peut vivre bien des années
Sans chagrins ni douleur.
Mais il en est fort peu, tâchez d'être du nombre,
Si l'on me consultait, jamais rien de trop sombre
N'atteindrait votre cœur!

CIRCULAIRE

ADRESSÉE A MES DÉBITEURS.

————

C'est le jour de la saint Jean
Souvenez-vous-en, souvenez-vous-en,
Qu'il faudra, sans plus tarder,
Envers moi vous libérer.

————

Car j'aurai besoin d'argent,
Souvenez-vous-en, souvenez-vous-en,
Pour payer mes ouvriers
Maçons, peintre et menuisiers.

————

Oui, j'aurai besoin d'argent,
Souvenez-vous-en, souvenez-vous-en,

Si vous ne m'en donnez pas
Je serai dans l'embarras.

~~~~~~~~

Quand on paie on est content,
Souvenez-vous-en, souvenez-vous-en,
Un vieux proverbe nous dit :
Qui s'acquitte s'enrichit.

~~~~~~~~

C'est très-sérieusement,
Souvenez-vous-en, souvenez-vous-en,
Ne manquez pas de venir
Satisfaire mon désir.

~~~~~~~~

S'il en était autrement,
Souvenez-vous-en, souvenez-vous-en,
Je pourrais bien me fâcher,
Peut-être vous assigner.

~~~~~~~~

Ce serait fâcheux vraiment,
Souvenez-vous-en, souvenez-vous-en,
Car je vous crois un ami
Qu'on ne peut traiter ainsi.

A UNE DAME

QUI M'AVAIT ENVOYÉ UNE VIOLETTE.

En ouvrant mon courrier, quelle fut ma surprise,
De respirer l'odeur de la fleur par vous mise;
    Mon cœur a tressailli.
Ceci m'a rappelé qu'un jour, fraîche et coquette,
Survint à mon adresse une humble violette
    Semblable à celle-ci.

Oh! ce fut un beau jour que jamais on n'oublie,
Je m'en souviens encor, mon âme était ravie,
    C'était inattendu.
Aujourd'hui que le temps, ce grand maître du monde,
A marqué sur mon front son empreinte profonde,
    J'en suis encore ému!

Cependant la raison, agissant sur mon âme,
Me dit que le flambeau dont s'éclairait ma flamme
    Est éteint pour toujours.
Qu'il ne faut plus penser aux plaisirs de la terre,
Que tout bonheur humain est, hélas! éphémère
    Et plus court que nos jours.

Adieu charmante dame, acceptez mes hommages,
Croyez aux sentiments affectueux et sages
    Que j'éprouve pour vous.
Merci d'ainsi penser au pauvre solitaire,
Dont le plus grand désir est de pouvoir vous plaire
    Plus qu'il ne plaît à tous.

TÉLÉGRAMMES

ADRESSÉS A MADEMOISELLE DE C***.

On m'avait assuré que vous étiez jolie,
Spirituelle, aimable, en un mot, accomplie,
Je n'en ai pas douté... pourtant j'ai voulu voir,
Et la réalité ! ! ! dépassa mon espoir.

RÉPONSE.

Vous êtes trop aimable.

AUTRE.

Je vous disais hier que vous étiez méchante,
Vraiment je me trompais, c'était le mot charmante

Qu'il fallait prononcer, aussi je me repens
D'avoir manifesté de pareils sentiments.

RÉPONSE.

Ne pleurez plus, je vous pardonne.

AUTRE.

Si pendant un seul jour vous gardez le silence,
Je ne sais que penser; ayez la complaisance
De me parler souvent, ne diriez-vous qu'un mot,
Tel que bonjour, bonsoir, je n'exige pas trop.
Je publierai partout que vous êtes gentille,
En agissant ainsi je dormirai tranquille;
Et si je rencontrais un bon petit mari,
Je vous l'expédierais, croyez-moi, foi d'am.

RÉPONSE.

Il viendrait trop tard, j'en ai trouvé un.

A UNE DAME

QUI M'AVAIT OFFERT UN CHIEN.

Ma fille vous avait, et je le trouvais bien,
Témoigné le désir de posséder un chien.
Votre belle levrette est vraiment si jolie
Qu'il n'est point surprenant qu'elle ait eu cette envie.

Je partageais son goût, et j'aurais bien voulu
Qu'elle en possédât un ; mais hélas ! qui l'eût cru,
En formant ce souhait, j'oubliais une chose,
C'est que l'homme *propose* et la femme *dispose.*

La mienne n'en veut pas, en voici la raison.
Elle dit et prétend que dans notre maison,

Le chien avec le chat ne s'accorderait guère,
Qu'au lieu d'y voir la paix on y verrait la guerre.

Qu'il détruirait les fleurs, que tout étant câlin
Il mettrait à l'envers tous les choux du jardin,
Et romprait bien souvent l'excellente harmonie
Qui règne sous son toit, pour embellir sa vie.

J'aurais été content de posséder un chien,
Ma femme ayant dit : *non*, je dois le trouver bien,
Maîtresse à ce sujet, il faut en mari sage
Sacrifier ses goûts à la paix du ménage.

A MADEMOISELLE DE C***

QUI ME PRIAIT DE LUI ÉCRIRE EN VERS.

———※———

Étant persuadé de mon peu de mérite
A vous écrire en vers, en vérité j'hésite.
Je ne suis pas de ceux qui croient que tout est bien,
Entassant mots sur mots sans en redouter rien.

〰〰〰〰〰

Il faudrait tout d'abord, pour ainsi vous écrire,
Voir ce que dit Boileau, père de la satire,
Lorsqu'il dépeint celui qui, téméraire auteur,
Pense de l'art des vers atteindre la hauteur.

〰〰〰〰〰

« Oh! c'est en vain, dit-il, qu'il veut être poète,
» S'il ne sent pas du ciel l'influence secrète.

» Dans son génie étroit, il est toujours captif,
» Pour lui Phébus est sourd et Pégase rétif. »

Hélas ! rien n'est plus vrai, j'en juge par moi-même,
Si je réussissais dans ce bel art que j'aime,
Je peindrais à grands traits, vos grâces, vos vertus,
La douceur de vos yeux et ferais même plus.....

Je dirais..... mais non je ne dirais rien dans la crainte
de blesser votre modestie.

TABLE

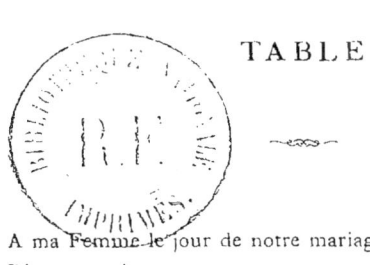

OEUVRES CHOISIES

DE Mme D***

SOUVENIRS

CHARTRES

IMPRIMERIE ÉDOUARD GARNIER

—

M DCCC LXXX

A MON MARI

LE JOUR DE NOTRE MARIAGE.

3o Mai 1837.

Cher époux, de notre hyménée,
L'estime a préparé les nœuds ;
Et, dans cette heureuse journée,
Je vais former les plus doux vœux.
Cher ami, souviens-toi sans cesse
Des serments que nous avons faits,
Et sois bien sûr que ma tendresse
Ne les profanera jamais.

Pour compagne, tu m'as choisie,
Je suis unie à tes destins ;

La félicité de ma vie
Est maintenant entre tes mains.
Mais, connaissant tout l'avantage
Que m'offre le don de ton cœur,
J'espère que notre ménage
Sera le séjour du bonheur.

~~~~~~~

Parents, amis que je révère,
Je m'éloigne à regret de vous;
D'une famille qui m'est chère
Je m'arrache pour mon époux,
Sans oublier jamais la dette
Du devoir et du sentiment.
Ah! dans un cœur qui vous regrette,
Vous vivrez éternellement.

A MON MARI

LE JOUR DE SA FÊTE.

25 juillet 1872.

———*———

Air de *Jeanne, Jeannette et Jeanneton.*

Rimons, puisque c'est mon travers,
Se taire serait bien plus sage,
Reçois, ami, ces faibles vers,
De mon amitié c'est le gage.
Quand on n'écoute que son cœur
La rime nous devient facile ;
Laissons les grands mots sans valeur,
Le beau langage est inutile.
Nous aurons de cette façon
Fête et plaisir à la maison. } *bis.*

Que puis-je t'offrir pour présent?
Tout change, hélas ! dans la nature ;
Mais l'amitié, doux sentiment,
Du temps ne subit pas l'injure.
Sa vertu fait notre bonheur,
C'est un doux lien de famille,
Qui raffermit, soutient le cœur,
Heureux pour qui sa flamme brille.
C'est du ciel un précieux don,   } *bis.*
Conservons-le dans la maison.   {

Pensons parfois à nos enfants,
A leur amour, à leur tendresse,
George et Marie, si caressants,
Réjouiront notre vieillesse.
Puis, pour céder à ton désir,
Flâne selon ton habitude,
Oui, mais reviens avec plaisir
Vers notre aimable solitude,
Tu feras de cette façon   } *bis.*
Tout mon bonheur dans ta maison. {

LES QUATRE SAISONS.

Air du *Petit Mousse*.

Quand le printemps renaît, quand la belle nature
A nos yeux enchantés étale sa splendeur,
Des vallons et des bois, la riante verdure
Inspire notre esprit, réjouit notre cœur.
Tout germe, tout fleurit, et la plaine prospère
Nous assure bientôt le pain de chaque jour.
Vers l'Auteur de tout bien, fais monter ta prière,
Mortel, bénis ton Dieu, reconnais son amour.   (*bis.*)

Le soleil bienfaisant projette sa lumière,
Il réchauffe le sol, il dore les moissons;
La terre n'offre plus sa beauté printanière,
Mais elle offre à chacun, ses produits et ses dons;
O vous, qui récoltez en si grande abondance,

Laissez quelques épis au timide glaneur,
Du généreux Booz, ayez la bienfaisance,
De celui qui gémit, consolez la douleur.   (*bis.*)

L'automme est la saison où se font les vendanges,
On cueille les raisins, on ramasse les fruits,
Les plaines du midi fournissent les oranges,
Quoi de plus ravissant que ces charmants produits?
C'est un bonheur pour tous de faire la cueillette,
Enfants n'oubliez pas ces innocents plaisirs,
Si jamais dans vos cœurs, s'élève la tempête,
Près de vos bons parents concentrez vos désirs. (*bis.*)

Tout passe avec le temps, et l'ouragan qui gronde
Nous annonce le froid, la neige et les glaçons,
Le tableau des saisons est l'image du monde,
Notre âme a ses primeurs ainsi que ses moissons.
Puisque le triste hiver, ainsi que la vieillesse,
Nous confine au foyer avec nos souvenirs,
Que la religion, l'amitié, la tendresse
Reconfortent nos cœurs et charment nos loisirs. (*bis.*)

A MON MARI

LE JOUR DE SA FÊTE.

25 Juillet 1873.

———∞∞∞———

Air : *Au clair de la lune.*

Reçois pour ta fête
Mes plus tendres vœux,
Et ma chansonnette
Aux accents joyeux,
Ma muse badine
Naturellement
Rend de ta Pauline
Le vrai sentiment.

‿‿‿‿‿‿

Reçois comme hommage
Cette simple fleur,

Son heureux présage
Réjouit mon cœur.
Que cette immortelle
Te prouve en ce jour
L'image réelle
De mon tendre amour.

Conserve sans cesse
L'aimable gaîté,
Pendant ta vieillesse
La paix, la santé,
Faisant ta causette
Prenant tes ébats,
Pense à ta Paulette
Et tu reviendras.

L'ÉNIGME.

———wwww———

Air de *L'Homme Jaloux*.

Confidente de ma pensée,
Tu cours les nuits comme les jours,
De ta marche précipitée,
Rien ne peut arrêter le cours.
Ni le vent ni le ciel qui gronde,
Ni la neige, ni les glaçons,
Ni les caquets, vains bruits du monde,
Ni ses clameurs, ni ses soupçons.   (*bis.*)

wwwww

Indifférente messagère,
Tu reçois tout ce que je veux,
Témoin de l'amour d'une mère,
Tu portes mes plus tendres vœux.
Se lance-t-on dans une affaire,

Tu sers les plus vastes projets,
Tu renfermes ce qu'on veut taire,
Tu caches les plus grands secrets.   (*bis.*)

Loin des rives de la patrie
Où t'attend le pauvre exilé,
Émouvant son âme attendrie,
Console sa captivité.
Porte-lui la bonne nouvelle
Présage d'un prochain retour.
Dis-lui que sa mère l'appelle,
Parle-lui de son tendre amour.   (*bis.*)

Parcourant la ligne ferrée,
Traversant ainsi l'univers,
De gare en gare transportée,
Tu causes mille effets divers.
Du commerce et de l'industrie
N'es-tu pas le premier moteur ?
Pour moi pour ma fille chérie,
Tu deviens le baume du cœur.   (*bis.*)

LA CRÉMAILLÈRE.

——◆◇◆——

Air : *Sous les murs du château d'Elvire.*

Inaugurons la crémaillère
Conviés par nos chers amis,
Prions le Ciel que leur carrière
Soit exempte de tous soucis,
Tous deux ont si bonne figure
Peut-on douter de leur bonheur ?
Ah ! c'est, je crois, de bon augure, } *bis.*
C'est le vœu que forme mon cœur. }

〜〜〜〜〜

Au bon vieux temps, c'était l'usage,
Comme vous on était d'avis,
Entrant dans son petit ménage,
De rassembler parents, amis,

Mettant de côté l'étiquette,
Ils s'aimaient, s'égayaient entr'eux,
Chacun chantait sa chansonnette
S'unissant au refrain joyeux.

} *bis.*

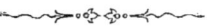

A notre aimable ménagère
Offrons nos souhaits et nos vœux,
Parfois près de la crémaillère
Nous reverrons ce couple heureux,
Trouvant au sein de la famille
Dont il fait la félicité,
Autour d'un bon feu qui pétille
Les douceurs de l'intimité.

} *bis.*

ENVOI D'UNE PETITE VOITURE

POUR MON PETIT-FILS.

10 Novembre 1868.

Air : *Batelier, dit Lisette.*

Ah ! petite voiture
Puisque tu pars sans moi,
Veux-tu, je t'en conjure
Le cœur rempli d'émoi,
Écouter ma prière,
Dire ce que je sens,   (*bis.*)
Être ma messagère
Auprès de nos enfants ?

Tu le sais, ma petite,
Il faut parler pour deux,
Il faut porter bien vite
Leur amour et leurs vœux.

2

Ces deux, on le devine,
Sont père et mère grands,   (*bis.*)
Dont l'âme se chagrine
Si loin de leurs enfants.

Dis-leur enfin, ma chère,
Que pour nous consoler,
Nous pourrons, je l'espère,
Bientôt les embrasser,
Bientôt, oh! c'est trop dire,
Il faudra bien du temps.   (*bis.*)
Pour cela je désire
Le retour du printemps.

UNE FÊTE EN FAMILLE.

Air de *Jenny l'ouvrière*.

Qui n'a senti, dès sa plus tendre enfance,
Le doux émoi des premières amours ?
C'est dans nos cœurs de la reconnaissance,
N'aimons-nous pas les auteurs de nos jours ?

Bonheur du cœur, ô touchante harmonie,
    Rêves d'amour et de plaisirs,
Vous rappelez à notre âme attendrie
      De joyeux souvenirs.   (*bis.*)

De ses parents on célèbre la fête,
C'est pour chacun délicieux plaisir,
Avec bonheur dès la veille on s'apprête,
Mais c'est tout bas qu'on en parle à loisir.

    Bonheur du cœur, etc.

Dans l'Almanach, l'épouse bien-aimée
De son époux a su trouver le nom.
Pour le fêter la famille assemblée
D'un même cœur se met à l'unisson.
    Bonheur du cœur, etc.

Petit enfant se réjouit encore
En embrassant grand-père aux cheveux blancs.
Il a prié le bon Dieu qu'on adore
De le garder, le conserver longtemps.
    Bonheur du cœur, etc.

Tendre amitié qui berças notre enfance,
Ah! berce-nous jusqu'à nos derniers jours.
Dans la douleur, tu calmes la souffrance,
Ta douce voix nous console toujours.
    Bonheur du cœur, etc.

LES MŒURS DU JOUR.

Chacun, hélas! veut sortir de sa sphère,
C'est un travers bien commun de nos jours,
On ne veut plus de l'état de son père,
On veut monter, monter, monter toujours.
On veut entrer dans une ère nouvelle
Criant bien haut qu'il faut la liberté,
On méconnaît l'amitié fraternelle
Tout en faisant de la fraternité.

De son voisin, enviant la fortune,
On voit en lui les défauts qu'il n'a pas,
Et pour un rien on lui garde rancune :
Il a du bien et nous n'en avons pas.

C'est vrai, dit-on, mais hélas ! comment faire
Pour s'enrichir ? c'est bien dur aujourd'hui !
Il faut du temps, du temps... la bonne affaire,
Il faut bien mieux partager avec lui.

Au bon vieux temps, c'était tout le contraire,
Content d'un bien jour par jour amassé,
On s'arrangeait du simple nécessaire,
On connaissait le plaisir, la gaîté.
On conservait le modeste héritage
Que le travail, l'honneur avaient acquis,
Se rappelant toujours ce vieil adage :
Que dans un jour on n'a pas fait Paris.

A MON MARI

LE JOUR DE SA FÊTE

25 Juillet 1874.

Air de la Bonne Aventure, ô gué!

Qu'il soit à jamais béni
    Le jour de ta fête ,
Me voyant seule aujourd'hui
    Combien je regrette
De ne pouvoir nous unir
Et tous ensemble t'offrir
Une chansonnette, ô gué ,
    Une chansonnette.

L'autre jour soir je rêvais,
    Je voyais Marie
Et Georges que tu berçais ,
    Image chérie.

Ces charmants petits enfants
Caressaient tes cheveux blancs,
Touchante harmonie, ô gué,
    Touchante harmonie.

Mon bonheur était complet,
    Je vis, ô surprise,
Le plus séduisant bouquet
    Et la nappe mise,
Pour fêter le bon papa,
Le doux plaisir c'était là,
Riante méprise, ô gué,
    Riante méprise.

Puisque souvent le bonheur
    N'est que rêverie,
Qu'ici-bas, tout est trompeur,
    Crois-moi, je t'en prie,
Aimons-nous jusqu'à la mort,
C'est là le plus beau trésor
Que t'offre ta mie, ô gué,
    Que t'offre ta mie.

MA SONNETTE ET MON CLOCHER.

—⁂—

Air des *Quatre Ages du Cœur*.

Quand je t'entends, ma petite sonnette,
Tu me redis mes premières amours,
Je m'en souviens et ce que je regrette
C'est que pour moi tu ne parles toujours.
Au temps heureux de ma première enfance
Ton doux signal réjouissait mon cœur,
Il m'annonçait tous les jours la présence
De bons parents, d'un frère ou d'une sœur.

Souvenir d'enfance,
Rêve de bonheur,
Que votre présence
Vive dans mon cœur.
Des plus sombres jours
Egayant le cours,

Vous serez toujours
Mes chères amours.

~~~~~~~~~~

Ils sont passés ces moments d'allégresse !
Songeant toujours à ceux que j'ai perdus,
Je t'en conjure, épargne ma tendresse,
Ah ! par pitié, tais-toi, ne sonne plus.
Que dis-je, hélas ! constamment agitée,
Pour l'un et l'autre on t'entend tour à tour ;
Au carillon je te vois condamnée
Dès le matin jusqu'au déclin du jour.

      Souvenir d'enfance, etc.

~~~~~~~~~

Chez mon voisin, c'est le train d'une ferme ;
Chacun y va chercher un doux nectar :
Par un ressort qui s'ouvre et se referme,
Pauvre sonnette, on t'agite bien tard.
Aux jours heureux de notre solitude
Tu parlais peu, mais tu parlais bien mieux,
Je t'écoutais sans nulle inquiétude,
Tu répondais bien souvent à mes vœux.

      Souvenir d'enfance, etc.

~~~~~~~~~

Depuis trois ans, hélas ! je me rappelle,
Par un contrat que nous avons signé,
Nous n'avons plus la maison paternelle,
Ce lieu béni, nous l'avons concédé.
Si j'avais eu, dans mon humble cassette,
Assez d'argent, . . . mais il fallait de l'or,
J'aurais encor ma maison, ma sonnette,
Que j'aimais mieux que le plus beau trésor.

Souvenir d'enfance, etc.

N'oublions pas notre foyer rustique
Où notre mère assemblait ses enfants,
Leur racontait quelque légende antique,
Les amusait par ses récits touchants.
N'oublions pas cette amitié de frère,
Qu'elle aimait tant resserrer entre nous,
N'oublions pas sa mémoire si chère,
Son tendre amour, sa charité pour tous.

Souvenir d'enfance, etc.

Si j'aimais tant ma maison, ma sonnette,
J'aime encor mieux mon antique clocher ;

J'aime à le voir, surtout un jour de fête,
Avec bonheur, j'aime à m'en rapprocher.
Cloches, sonnez pour la grande famille,
Pour que toujours la paix règne entre nous,
Sonnez, sonnez, pour qu'en nous la foi brille,
Qu'un jour au ciel nous nous revoyions tous.

Souvenir d'enfance,
Rêve de bonheur,
Que votre présence
Vive dans mon cœur,
Des plus sombres jours,
Egayant le cours,
Vous serez toujours
Mes chères amours.

INVOCATION

Air des *Ruines d'Ulrich*.

Il est pour nous sur la terre
De bien poignantes douleurs,
Le bonheur est éphémère
Souvent nous versons des pleurs.

Mais qui possède une mère
Peut encor soulager son cœur ;
Et dans les bras d'un bon père
On est fort contre le malheur.

D'une fille bien aimée
Je garde le souvenir,
Sa mort si prématurée
Assombrit mon avenir,

O toi, ma fille chérie,
Possèdes-tu le vrai bonheur ?
Régnes-tu dans la patrie ?
C'est pour toi le vœu de mon cœur.

~~~~~~~

Ange, messager céleste
De la bienheureuse cour,
Ah ! pour l'enfant qui me reste
Porte mes vœux, mon amour.

O Dieu dont la Providence
Est pour tous un puissant secours,
Conserve dans ta clémence
Celle qui console mes jours.

A MON MARI

LE JOUR DE SA FÊTE.

25 Juillet 1875.

———— ✱ ————

Air : *Dis-moi soldat t'en souviens-tu ?*

Nous n'aurons pas, c'est ce que je regrette,
Le doux plaisir de pouvoir te fêter,
De nos enfants, je me fais l'interprète,
Sur notre amour tu peux toujours compter.
Si nous pouvions, nous franchirions l'espace ;
Autour de toi, tous viendraient se grouper ;
Petits et grands, nous disputant la place,
Tu nous verrais de bon cœur t'embrasser.

〜〜〜〜〜

Nous promenant hier dans la prairie,
Nous regardions tous trois avec bonheur,

Charmant tableau !... c'était George et Marie
Cherchant tous deux la plus gentille fleur
Georges, sais-tu, disait notre fillette,
Devines-tu pourquoi ce bouquet-là ?
— Si je le sais, oh! oui, c'est pour la fête.
　　Oui, mais de qui ? — De qui...? de grand-papa.

Mais ce bouquet, où pourrons-nous le mettre ?
Pauvre papa... que n'est-il là, ma sœur !
— Oui, je sais bien ; mais on fait une lettre
Et dans la feuille on peut mettre une fleur.
De ces enfants le tendre et doux langage
Ne peint-il pas, tout naturellement,
Ce que nos cœurs voudraient, en cette page,
Manifester encor plus vivement.

A UNE MÈRE

QUI VENAIT DE PERDRE SA FILLE

AGÉE DE TROIS ANS.

Gentille enfant, comme un bouton de rose
Qui s'ouvre au jour et s'effeuille le soir,
Comme une fleur, hélas! à peine éclose
Elle partit pour le ciel!... notre espoir.
Dieu qui couronne et garde l'innocence,
De son cœur pur vit l'aimable candeur,
Dans ses desseins, sa douce providence
La conduisit au séjour du bonheur!...

Consolez-vous, bonne et sensible mère,
Un ange au ciel vous dit : Ne pleure pas,
Ne pleure pas, ô toi qui me fus chère,
Un jour au ciel tu m'ouvriras tes bras,

3

Oui, nous verrons un jour dans la patrie
Ceux qu'ici-bas nous avons tant aimés,
Vous votre enfant, moi ma fille chérie,
Nos chers trésors furent prédestinés.

Prions souvent la Vierge bien-aimée,
Mère d'amour et mère de douleurs,
Elle verra notre âme désolée,
Son doux regard consolera nos cœurs,
Allons comme elle au sommet du calvaire
Où Dieu bénit une larme, un soupir,
Près de la croix, refuge salutaire,
Il voit nos pleurs, seul il peut les tarir.

À MON MARI

LE JOUR DE SA FÊTE.

25 Juillet 1876.

———

Air : *Au clair de la lune*.

GEORGES.

C'est demain la fête
De papa D * * *
Que chacun s'apprête,
Nous l'embrasserons.
Les enfants qu'il aime
Viendront tour à tour,
Lui dire de même
Reçois notre amour.

MARIE.

Mettons sur la table
Gâteaux et bonbons,
Que c'est agréable,
Nous en mangerons.
La bonne journée,
On s'en souviendra,
Fêtons l'arrivée
Du bon grand-papa.

ANGÈLE.

Ta fille chérie
Vient t'offrir ses vœux,
Gustave la prie
De parler pour deux.
Il a dans sa cave
Un vin généreux,
Et ce cher Gustave
L'offre tout joyeux.

PAULINE.

Et moi ta Pauline,
Je n'ai qu'une fleur,

C'est on le devine,
L'expression du cœur,
Qui pour ta vieillesse,
Toujours fleurira
Et que ma tendresse
Te conservera.

GUSTAVE.

En ce jour d'ivresse,
Avec nos enfants,
Répétons sans cesse
Ces joyeux accents.
La bonne journée !
On s'en souviendra :
Fêtons l'arrivée
Du bon grand-papa.

A NOTRE MAMAN

LE JOUR DE SA FÊTE.

24 Mai 1877.

Air : *Ave, ave, ave, Maria.*

C'est demain ta fête,
Pour nous quel bonheur ;
Que chacun s'apprête
Et t'offre sa fleur.
Reçois, reçois, reçois en ce jour,
Reçois, reçois, reçois notre amour.

Nos vœux, notre hommage
Et nos sentiments
Sont pour toi, je gage,
Les plus doux présents.
Reçois, reçois, etc.

Que Dieu te préserve
De tous accidents,
Et qu'il te conserve
Pour nous, tes enfants.

Reçois, reçois, etc.

Que le ciel propice
Exauce nos vœux,
Et qu'il te bénisse,
Nous serons heureux.

Reçois, reçois, etc.

Ici la famille
Vient se joindre à nous,
Et la gaîté brille
Sur nos fronts à tous.

Reçois, reçois, etc.

A NOTRE GRAND-PAPA

LE JOUR DE SA FÊTE.

25 Juillet 1877.

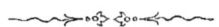

Air : *Je m'appelle Madelon.*

MARIE.

De notre cher grand-papa
    C'est demain la fête,
Que chacun pour ce jour-là
    Sans délai s'apprête.
Offrons-lui dès aujourd'hui
    Nos vœux, notre hommage,
C'est pour nous comme pour lui
    Un doux témoignage.

GEORGES.

Louise apporte un bouquet,
  Sa bonne figure
Semble d'un bonheur complet
  Présenter l'augure.
De Marie en ce beau jour
  L'âme est satisfaite,
Elle présente à son tour
  Le gâteau de fête.

~~~~~

GEORGES, MARIE ET LOUISE.

Prions le Ciel en ce jour
  Pour notre bon père,
Faisons-lui, de notre amour,
  Un aveu sincère.
Que ses jours soient parmi nous
  De longue durée,
C'est notre désir à tous
  En cette journée.

A MON MARI

QUARANTE ANS APRÈS NOTRE MARIAGE

———✳———

Air des *Quatre Ages du cœur*.

De notre hymen fêtons l'anniversaire,
C'est pour mon cœur délicieux plaisir,
Reçois, ami, s'il peut te satisfaire,
L'heureux reflet d'un tendre souvenir.
Par un beau jour, par un ciel sans nuage,
Sous l'œil de Dieu, s'ouvrit notre avenir,
D'un doux lien j'avais l'heureux présage,
Ce tendre émoi, j'aime à le ressentir.

　　Douce souvenance,
　　Rêve de bonheur,

Que votre présence
Vive dans mon cœur.
De mes derniers jours
Égayant le cours,
Vous serez toujours
Mes chères amours.

Quand tu me dis : « Ma Pauline chérie,
» Ton amitié comblera tous mes vœux, »
Tu fis ainsi le charme de ma vie
Et mon désir fut de te rendre heureux.
J'entrevoyais dans ta physionomie,
Qui m'annonçait la bonté, la douceur,
Le doux attrait d'une bonne harmonie,
C'était pour moi le garant du bonheur.

Douce souvenance, etc.

S'il fut pour nous des instants d'allégresse,
Il fut aussi des jours pour la douleur,
Dans ces moments, l'amitié, la tendresse,
Ces dons du ciel, consolèrent mon cœur,
C'est en passant par ces péripéties.....
Mais je me tais, craignant de t'attrister.

N'avions-nous pas d'heureuses sympathies
Puissant secours pour nous réconforter.
        Douce souvenance, etc.

〜〜〜〜〜

Et maintenant, au déclin de la vie,
Nous revivrons dans nos petits-enfants ;
Dans son ardeur, notre âme rajeunie
Se dévouera jusqu'aux derniers instants.
Mais avant tout, répétons-leur sans cesse
Que la vertu, les qualités du cœur,
L'amour du bien, l'amour de la sagesse
En nous charmant nous mènent au bonheur.
        Douce souvenance, etc.

LE PETIT OISEAU

Air du *Petit Oiseau.*

Un bel oiseau dans une cage
Avait, dit-on, reçu le jour,
Il attirait, par son ramage,
Beaucoup des moineaux d'alentour.
Des mains de la tendre innocence,
Sous les traits d'une aimable enfant,
Il recevait sa subsistance
Qu'elle lui donnait en chantant.

Ne connaissant pas l'avantage
Que procure la liberté,
Notre captif aimait sa cage,
Ignorant sa captivité.
Pour qui n'a pas connu le monde

La solitude est le bonheur,
On y goûte une paix profonde,
On est plus maître de son cœur.

Mais, par malheur, le petit drôle
Entendit quelques étourneaux,
Les écouta, crut sur parole
Tout ce que dirent ces moineaux.
Un jour, hélas ! ce fut sa perte,
Sa gouvernante ne vit pas
Qu'elle laissait sa cage ouverte ;
L'oiseau s'enfuit, ne revint pas.

La pauvre enfant pleure et rappelle
Le tendre objet de ses amours.
O douleur ! ô peine cruelle !
L'oiseau vole, vole toujours.
Il va chercher dans le bocage
Le millet qu'il ne peut trouver ;
C'est alors qu'il pense à sa cage
Et voudrait pouvoir y rentrer.

Heureux qui reste dans sa sphère,
Méprisant tous mauvais discours.
Qui ne causent que peine amère
Et n'amènent que sombres jours.
Que chacun voie sans envie
La fortune de son voisin,
Qu'une heureuse philosophie
Lui fasse bénir son destin.

A MA PETITE-FILLE

Air des *Matelots Génois.*

Chère Marie,
Travaille et prie,
C'est pour le cœur
Paix et bonheur.
Plaisir durable,
Joie ineffable,
Fut-il jamais
Plus doux attraits?

Plaisir frivole
Passe et s'envole,
Laisse après lui
Le sombre ennui,
Dans cette vie,
Où tout varie,

Le vrai bonheur
Gît dans le cœur.

~~~~~~

Vis en famille
La joie y brille
Et ne vas pas
Courir hélas !
Vers un fantôme
Qui ne nous donne
Que vains désirs
Et faux plaisirs.

~~~~~~

Dans la détresse,
Dans la tristesse,
Si la douleur
Brise ton cœur,
Travaille et prie
Car dans la vie
C'est le recours
Toujours, toujours.

————

BAPTÊME DE LOUISE.

3o Juin 1872.

————— ✳ —————

Il est de doux instants, des heures dans la vie
Pour la mère surtout, où son âme ravie,
Ne pouvant contenir sa joie et son bonheur,
Les laisse déborder, laisse parler son cœur.
Elle fait appeler son mari, sa famille,
Réunissez, dit-elle, et la mère et la fille.
C'est au milieu des siens, l'un par l'autre compris,
Que l'on peut s'épancher, c'est avec ses amis
Que l'on sent le plaisir d'une joyeuse fête.

Mais quoi ? j'entends sonner, il faut que l'on s'apprête.
Que se passe-t-il donc ? pourquoi tout cet émoi ?
On court, on va, l'on vient ; vous demandez pourquoi ?
Ne l'entendez-vous pas, on sonne le baptême,
La mère l'entend bien, son bonheur est extrême,

Mais avant qu'il ne parte, elle veut embrasser
Son cher petit enfant que l'on vient d'apporter.

Ah! comme il est gentil dans sa pelisse blanche!
Oh! oui, je le crois bien, dit, le poing sur la hanche,
Le docteur en jupons, voyons, il faut partir,
Allons, dépêchons-nous, que l'on fasse venir
Notre petit parrain, la petite marraine.
Puis, prenant le devant, tel qu'un vrai capitaine
Range son personnel et nous voilà partis,
Nos deux petits enfants paraissaient tout ravis.

Vois-tu l'heureux papa conduisant la grand'mère?
Ah! que n'avions-nous là le bon, le cher grand-père,
Mais nous le lui dirons, et le bon grand-papa
S'il n'a ce doux plaisir, se le figurera.
Il nous suit en esprit, et je suis bien certaine
Que ce petit récit ne lui fera pas peine.

Parlons encore un peu de nos petits enfants,
Écoute leur babil, leurs caquets amusants :
« George, où donc allons-nous? — Nous allons à l'église
» Pour faire baptiser petite sœur Louise.
» — Qu'en fera-t-on après? — Nourrice la prendra,

» Et puis après l'hiver, elle nous la rendra.
» — Et tous les deux alors, nous jouerons avec elle
» Dis, tu lui prêteras ta balle et ta nacelle,
» Et quand tu seras grand, tu seras son papa
» Et puis moi sa maman », puis ceci, puis cela.
Ils faisaient des projets à n'y plus rien comprendre,
C'était vraiment plaisant, il fallait les entendre.

Mais silence !... voici que l'on entre au saint lieu,
Déjà, comme les grands, ils semblaient prier Dieu,
Pour leur maman d'abord, pour petite Louise,
Comme ils étaient mignons tous les deux dans l'église.
Leur esprit attentif parut très-intrigué
En voyant arriver notre bon vieux curé.

Le baptême se fit à l'autel de la Vierge,
George était rayonnant tenant en main un cierge.
Nos chers petits enfants nous regardaient tous deux
Cherchant à deviner ce qu'on disait pour eux.

Lorsque tout fut fini, on sortit dans la rue
Jeter sous et bonbons à toute la cohue
De gamins qui suivaient, tournaient autour de nous,
Se battant à qui plus ramasserait de sous.

Jusqu'à notre maison, nous eûmes leur escorte,
Ils ne nous ont quittés qu'arrivés à la porte.

Nous rentrons satisfaits, et courons embrasser
La petite maman, eh quoi ! pourquoi pleurer ?
Ah ! je le comprends bien, quand je l'eus, mon Angèle,
J'étais pourtant heureuse et j'ai pleuré comme elle,
Ce n'est pas de chagrin, ce n'est pas de douleur,
Mais plutôt de plaisir et plutôt de bonheur.

A MON GRAND-PAPA

LE JOUR DE SA FÊTE.

25 Juillet 1878.

Air : *C'est la petite Anna.*

LOUISE.

C'est ta fête, papa,
Ah! ah! ah! ah! ah! ah!
Ma chanson te dira
Quel doux plaisir c'est là   (*bis.*)
Ah! ah! ah! ah!

Maman, qui t'écrira,
Ah! ah! ah! ah! ah! ah!
Pour tous te parlera,

Chacun t'embrassera   (*bis.*)
    Ah! ah! ah! ah!

~~~~~~~~~

Pour ta fête, papa,
Ah! ah! ah! ah! ah! ah!
Louise t'offrira
Le bouquet que voilà   (*bis.*)
    Ah! ah! ah! ah!

~~~~~~~~~

Sur la table on mettra
Ah! ah! ah! ah! ah! ah!
Ges gentils bonbons-là
Tout le monde en aura   (*bis.*)
    Ah! ah! ah! ah!

~~~~~~~~~

Vive mon cher papa
Ah! ah! ah! ah! ah! ah!
Quand ce jour reviendra
On recommencera   (*bis.*)
    Ah! ah! ah! ah!

~~~~~~~~~

A notre amour, papa,
Ah! ah! ah! ah! ah! ah!
Dieu te conservera,
Notre bonheur est là   *(bis.)*
    Ah! ah! ah! ah!

A MON GRAND-PAPA

LE JOUR DE SA FÊTE

25 Juillet 1879.

Air des *Orphelins du Moulin.*

LOUISE.

De ta bonne fête
Nous célébrons le retour,
Je suis l'interprète
De chacun en ce beau jour.
Pour toute la famille
Je t'offre les plus tendres vœux,
Reçois aussi les chants joyeux
De ta petite fille.
Depuis longtemps, soir et matin,
J'apprends gaiement ce doux refrain. } *ter.*

Reçois comme hommage,
Cher papa, reçois ces fleurs,
Elles sont le gage,
Le doux présent de nos cœurs.
Vois-tu cette pensée,
Elle parle pour les absents,
Moi j'exprime leurs sentiments
Mon âme en est charmée.
Voilà pourquoi soir et matin
J'aime à chanter ce doux refrain.   } *ter.*

Que le ciel propice
Te conserve à notre amour,
Et qu'il te bénisse
A tous les instants du jour.
De ta belle vieillesse
Nous garderons le souvenir,
Pour nous t'aimer et te chérir
Est la plus douce ivresse.
Ah! puissions-nous tous l'an prochain
Chanter encor ce doux refrain.   } *ter.*

PREMIÈRE COMMUNION

DE MARIE.

30 Mars 1879.

———

C'est en pensant à toi, ma petite Marie,
Que j'ai dicté ces vers, reçois-les, ma chérie,
Ils te retraceront, comme avec le pinceau,
Le jour si radieux dont voici le tableau.

Le soleil se montrait, et la cloche argentine
Retentissait au loin jusque sur la colline,
Annonçant à chacun par ses accents joyeux
L'heureux jour si longtemps appelé par nos vœux.

— De nos enfants chéris, les pieuses offrandes
Pavoisaient le saint lieu de fleurs et de guirlandes,

On sentait, en entrant, le doux parfum des fleurs,
Emblème en ce beau jour de celui de leurs cœurs.

Cent cierges allumés paraient la vaste enceinte,
Une superbe nappe ornait la table sainte,
C'était pour le festin des noces de l'Agneau,
Et c'est pour tout chrétien, le festin le plus beau.

— On entendait au loin, sous notre voûte antique,
Les chants harmonieux d'un sublime cantique,
Redisant de Jésus les appels si pressants :
« Laissez venir à moi tous ces petits enfants. »

Ils étaient précédés de leur blanche bannière
Ne formant tous qu'un chœur, qu'une même prière,
Touchés et recueillis, ils marchaient deux par deux.
Plus d'un fervent chrétien chantait, priait comme eux.

— Du ministre sacré la puissante parole
A transformé le pain en son Dieu qui s'immole,
Enfin vint le moment, le moment solennel
Où chacun à son tour s'approcha de l'autel.

~~~~~~

Quel silence!... à genoux!... le prodige s'opère
L'enfant reçoit son Dieu, qu'il adore et révère,
Heureux de posséder l'objet de son amour,
Il jure de l'aimer jusqu'à son dernier jour.

~~~~~~

La mère avait suivi cette scène touchante,
Les yeux mouillés de pleurs, l'âme reconnaissante,
Elle demande à Dieu de bénir son enfant
Et de le protéger jusqu'au dernier instant.

~~~~~~

— Elle entrevoit pour lui les écueils de la vie,
Et, pour l'en garantir, le consacre à Marie.
Vrai secours des chrétiens, douce étoile des mers
Elle apaise l'orage et les chagrins divers.

~~~~~~

Reçois, ma chère enfant, les vœux de ta grand'mère,
Ils seront exaucés, ah ! du moins, je l'espère,
Si, fidèle à ton Dieu, persistant dans la foi,
Tu sais dans tous les temps te soumettre à sa loi.

— La pratique du bien appartient à tout âge.
Elle est chez les enfants le plus heureux présage.
Quand on les voit pieux, soumis à leurs parents,
On éprouve pour eux les plus doux sentiments.

— En agissant ainsi, chère petite fille,
Tu deviendras pour tous l'ange de la famille.
Heureux qui du devoir se fait un vrai plaisir
Il s'assure par là le meilleur avenir.

A MA PETITE-FILLE JEANNE.

Petite enfant, sous les yeux de ta mère,
Tu grandiras, puis elle t'apprendra
Qu'il est un Dieu qu'on adore et révère,
Sur ses genoux, elle t'en parlera.

Dès le berceau, son amour, sa tendresse
Te donneront les plus douces leçons,
Tes frère et sœurs, dans leur vive allégresse,
Te berceront fredonnant nos chansons.

Quand à la fin d'une longue journée,
Ton cher papa vous reviendra le soir,

Cours l'embrasser et garde la pensée
Qu'aimer son père est un pieux devoir.

~~~~~~~

D'un tendre amour, aime ta bonne mère,
Elle est pour tous un ange de douceur,
Elle sera ton appui tutélaire
Et ses conseils te porteront bonheur.

~~~~~~~

Gentille enfant, bijou de la famille,
Pense parfois à tes bons vieux parents,
Ils ont pour toi, chère petite-fille,
Et pour les tiens, les meilleurs sentiments.

~~~~~~~

Tendre Marie, exaucez ma prière,
Pour mes enfants parlez au Dieu d'amour,
Qu'ils soient heureux chacun dans leur carrière
Et soient reçus au céleste séjour.

ÉNIGME.

Je suis simple et modeste et cependant je brille,
Je travaille en tout temps pour toute la famille,
Toujours je contribue au bien de la maison;
Or celui qui m'emploie a donc cent fois raison.
Bien que je sois polie, il faut savoir me prendre,
Car je pique parfois, vous devez le comprendre.
Oui, je pique il est vrai, ne vous en fâchez pas,
Sans mon faible secours, que feriez-vous, hélas!
Le ménage sans moi s'en irait en débine,
Vous ne verriez chez vous que débris, que ruine;
Et si vous convenez de mon utilité,
Mettez-moi vite à l'œuvre avec activité.
Maintenant, sans quitter le foyer domestique,
Je deviens sous vos yeux un agent mécanique
Désignant les instants de vos jours, vos destins,
Ainsi que les moments de vos jeux, vos festins;

5

Je signale pour tous d'heureuses circonstances,
Pour les jeunes enfants, c'est le temps des vacances,
Quant aux bons grands parents, ils conservent l'espoir
Que je préciserai l'instant de les revoir.

LE BONHEUR

Air : *Chante Marguerite.*

Le bonheur sur cette terre,
De même que le plaisir,
Fuit comme une ombre légère
Quand nous voulons le saisir.

REFRAIN.

Sans courir à l'aventure
Cherchons-le dans notre cœur,
C'est là, je l'assure,
Qu'il faut mettre son ardeur.
L'âme droite et pure
L'inspire par sa candeur,
Elle nous figure
Le parfait bonheur.

Cherchons-le dans la chaumière
Où la vertu, la gaîté,
La simplicité première
Font notre félicité.

   Sans courir, etc.

Cherchons-le dans la famille
Centre d'innocents plaisirs.
Que le faux éclat qui brille
N'excite pas nos désirs.

   Sans courir, etc.

Cherchons-le dans la prière,
Inaltérable douceur,
Elle est pour la vie entière
La source du vrai bonheur.

   Sans courir, etc.

A MES PETITS-ENFANTS

———⁓⁓⁓⁓⁓———

Air : *Jeanne, Jeannette et Jeanneton.*

Le monde est rempli de travers,
Chacun a bien son ridicule,
L'un semble voir tout à l'envers,
L'autre badine et gesticule.
Puis le dandy toujours pimpant
Pars en agitant sa eravache,
Et, de lui seul, toujours content,
S'en va se frisant la moustache.
Mes enfants, gardez ma chanson, }
Elle contient une leçon.   } *bis.*

⁓⁓⁓⁓⁓.

Par contre vient un bon papa,
Moins occupé de sa personne

Prenant par-ci, prenant par-là,
Les poignées de main qu'on lui donne.
Trop pressé de voir ses amis
S'en va sa coiffure en arrière,
Et pour ménager ses habits
N'en brosse jamais la poussière.
Mes enfants, gardez ma chanson, } *bis.*
Elle contient une leçon.

~~~~~~

Je connais très-intimement
Plusieurs grand'mères fort distraites,
Qui cherchent presque constamment
Ou leurs ciseaux, ou leurs lunettes.
J'en connais une et vous aussi.
Ah! plaignez ses fâcheux déboires,
Au lieu de saler son salmi
Elle mit le sel dans ses poires.
Mes enfants, gardez ma chanson, } *bis.*
Elle contient une leçon.

~~~~~~

Jeanne à sa fenêtre séant,
Attend que sa voisine sorte;

La voyant, l'appelle en passant
Et cours bien vite ouvrir la porte,
Quel plaisir on va se donner
Ah! quels caquets, quel bavardage,
Et bientôt midi va sonner
Qu'elle n'a pas fait son ménage.
Mes enfants, gardez ma chanson, } *bis.*
Elle contient une leçon.

~~~~~~

Une curieuse est souvent
Victime de son imprudence,
Ce défaut est assurément
Plus dangereux qu'on ne le pense.
Une dame que l'on connaît,
Se trouvant bien de sa personne,
Entendit que d'elle on disait :
Elle est très-bien, mais n'est pas bonne.
Mes enfants, gardez ma chanson, } *bis.*
Elle contient une leçon.

~~~~~~

Le prodigue va largement,
L'avare par poids et mesure,

Règle tout très-mesquinement,
Aime à prêter avec usure.
Il dit, comme l'homme de bien,
Qu'il ne faut manger que pour vivre
Que les plaisirs ne valent rien,
Il parle vraiment comme un livre.
Mes enfants, gardez ma chanson,   } *bis.*
Elle contient une leçon.

L'un trop guindé ne parle pas,
L'autre est un moulin à parole,
Celui-ci ne voit qu'embarras
Et celui-là que gaîté folle.
Il faut en tout juste milieu,
C'est ce que nous dit la sagesse,
Tout est réglé par le bon Dieu
Qui dispense toute largesse.
Mes enfants, gardez ma chanson,   } *bis.*
Elle contient une leçon.

A MA SŒUR.

Comme aux rives des mers fertiles en naufrages
On voit certaines fleurs des plus violents orages
    Affronter les efforts,
Telle des mauvais jours, sans être refroidie,
Surmontant les assauts, ta muse rajeunie
    Chante de doux accords.

Henri T***.

TABLE

—◦◦◦—